트랙터

트랙터

나수민
허선혜
한현주

희곡집

일러두기

1. 이 책에 실린 희곡 세 편은 국립극단 어린이청소년극연구소가 개발한 청소년극 단막극 연작으로, 2022년 5월 19일부터 6월 12일까지 〈트랙터〉라는 제목으로 국립극단 소극장 판에서 초연되었다. 권영호가 연출을 맡고 박은경, 송석근, 신윤지, 최상현이 출연했다.

2. 각 희곡의 공연 저작권은 해당 작가에게 있으며, 공연과 관련한 모든 사항은 반드시 작가와 협의해야 한다.

3. 이 책은 국립국어원의 한글 맞춤법 규정을 따랐으나, 희곡이라는 장르의 특성상 등장인물들의 입말이나 작가의 의도가 반영된 표현 등은 최대한 살리고자 했다.

기획 노트

국립극단 어린이청소년극연구소

2022년 5월 19일부터 6월 12일까지 국립극단 무대에 오른 청소년극 〈트랙터〉는 10주년을 넘긴 국립극단 청소년극이 내딛는 우직한 발걸음이자 자유로운 진화의 의지를 담은 작품이다. 젊은 극작가 한현주, 허선혜, 나수민의 단막 희곡을 하나로 묶은 연작 시리즈로, 현재를 살아가는 청소년들의 이야기를 통해 다양한 모습과 생각을 들여다보고자 했다. 각기 다른 개성을 지닌 희곡 세 편이 만나 하나의 공연으로 다시 태어난 사건처럼, 〈트랙터〉는 '예기치 않은 만남'을 주제로 한다.

세 희곡의 연결점을 찾아 공연 콘셉트를 고민하는 과정에서 국립극단 청소년극 〈비행소년 KW4839〉와 〈자전거도둑헬멧을쓴소년〉을 떠올렸다. '비행기와 공항'이나 '자전거'처럼 이동과 교통의 비유가 청소년극의 주요한 창작 키워드 중 하나임을 발견한 것이다. 청소년의 성장과 자기의지의 표명을 운송 수단이 주는 시·공간적 감각과 연결 짓는 일, 이를 통해 청소년들이 자유롭게 움직이고 연결되며 상상할 수 있게 만드는 어떤 것! '트랙터' 역시 같은 맥락에서 붙여진 제목이다.

이런 제목 덕분에 그 의미에 대해 많은 질문을 받았다. 공연을 함께 만든 창작진과 관객들의 애정 어린 호기심, 각양각색의 다양한 의미 부여를 통해서 〈트랙터〉는 재탄생했다. "매끈한 도로를 질주하는 승용차가 아니라 울퉁불퉁한 땅을 갈고 농사짓는 트랙터"*처럼 공연 〈트랙터〉는 세 희곡을 무게감 있게 끌고 나아간다. 천천히 흙을 다지듯 묵직한 물음들을 길어 올리는 「7906 버스」, 다양하게 뻗어가는 이야기를 가득 싣고 달리는 「빵과 텐트」, 거친 땅을 뚫어 반짝이는 순간들을 발굴하는 「하얗고 작은 점」이 각자의 에너지로 산과 밭을 부지런히 오간다. 희곡집 『트랙터』가 이번에는 관객이 아닌 독자들의 마음 밭에서 소중한 무언가를 일구어내길 바란다.

* 김옥란, 「트랙터, 시동을 걸다」, 『트랙터 프로그램북』, 국립극단, 2022, 15쪽.

7906 버스

한현주

등장인물	**세영**	고1, 여
	은호	고1, 남
	자은	44세, 여, 버스 기사

공간	중심 공간은 버스 안이다. 여러 방식의 의자 배치를 통해 버스 안을 형상화할 수 있다. 다만 이 작품에서는 세 명의 배우가 앉는 위치가 매우 중요하다. 자은은 왼쪽 맨 앞의 기사석에 앉는다. 자은 뒤로 다섯 번째 좌석에 세영이 앉는다. 그리고 반대편 줄 앞에서 두 번째 좌석에 은호가 앉는다. 그리하여 세 사람의 위치는 삼각 형태를 띤다.
	버스 밖의 공간은 정류장과 근린공원 입구로 나뉜다. 정류장은 무대 뒷벽 가까운 곳에 있는데 셸터가 부서져 있다. 위험을 알리는 노란 폴리스 라인 테이프가 둘러쳐져 있다.
	근린공원 입구는 객석과 가까운 무대 앞쪽이다. 벤치가 하나 놓여 있다.

0　　　프롤로그

한여름 밤의 버스 안.
자은은 여느 때와 다름없이 운전하고 있고,
세영은 이어폰으로 음악을 들으며 멍하니 창밖을 보고 있다.
반대편에 앉은 은호는 공부 내용을 메모한 수첩을 들여다보며 외우고
있다.
세영과 은호는 서로 다른 하절기 교복 차림이다.

라디오에서 자정을 알리는 소리. 잠시 지직거리는 소리.
이어 〈월광 소나타〉의 1악장이 흘러나온다.

사이

차량의 소음과 불빛 들이 버스를 훑고 지나가면 〈월광 소나타〉는 격렬
한 3악장으로 바뀐다.
불빛과 소리에 반응하는 세 사람.
저마다의 시선이 세영의 바로 앞자리로 향한다.
자은은 고개를 들어 룸미러를 통해, 은호는 왼쪽 뒤편으로 고개를 돌려,
그 자리를 본다.

세영, 앞자리를 쓰다듬는다.

은호, 그 모습을 보다 인상을 쓰며 수첩으로 시선을 확 옮긴다.

소리   이번 정류장은 근린공원 입구입니다. 다음 정류장
은…….

1 오늘의 버스

버스 안.

문이 열렸다가 닫히는 소리.

자은이 이를 확인하고 차를 출발시키려는데 갑자기 시동이 꺼진다.

시동이 걸리려다 꺼지는 소리가 몇 차례 반복된다.

자은, 난처한 얼굴로 일어난다.

자은   학생들 아무래도 차에 문제가 좀 생긴 거 같은데 어쩌지?

세영   이게 막차잖아요.

자은   응. 학생은 차고지에서 내리지?

세영   네?

자은   막차 타고 차고지까지 와서 내리는 사람 많지 않아. (은호까지 보며) 이 조합 한두 번 아닌데, 뭘. 남학생은 차고지 전 정류장에서 내리고. 맞지? (세영을 가리키며) 세 정거장. (은호를 가리키며) 두 정거장. 낮이면 몰라도 야밤에 걷기는 좀 그렇지?

세영   밖에 엄청 더운데…….

자은   그래. 집에 전화를 하거나 택시를 타거나 해야 할 거 같네? 알다시피 차고지로 들어가는 버스 중에 이 길로 다니는 건 이거 하나잖아. 나는 일단 회사에 전화를 해야 해서, 미안해.

자은, 휴대폰으로 전화를 걸며 버스 밖으로 움직인다.
무언의 통화를 한다.

세영   아 씨, 뭐야…….

은호, 가방을 챙겨 뒷문으로 나가려 한다.
자은, 전화를 끊고 나서 갑자기 공원 쪽으로 뛰어나간다.

세영   헐. 저 아줌마 뭐야. 공원 화장실 가는 거야?

은호   (잠깐 돌아보며) ?

세영   야밤에 공원 화장실이 얼마나 무서운데……. 몰카라도 심어놨을지 누가 알아. 난 절대 안 가. (나가려는 은호에게) 가?

세영이 공원 쪽을 가리키며 걱정하는 눈빛을 보이자 은호, 망설인다.

세영　차고지에서 기사 아저씨들 담배 피우면서 하는 얘기 들었는데, 일부러 물도 안 먹는대.

은호　노선이 길면 어쩔 수 없지.

세영　기저귀를 차기도 한대.

은호　다들 그렇게 먹고살아.

세영　헐. 넌 안 그렇게 살고 싶어서 버스에서도 죽어라 공부하나 보네?

은호　너, 나 알아?

세영　맨날 뭘 질질 흘리는 건 알아. 이어폰 떨어졌어. 저번에는 버카 학생증 떨어트린 거 내가 주워줬고.

은호, 이어폰을 주워 신경질적으로 줄을 감는다.

세영　하필 왜 이 정류장에서 버스가 퍼지냔 말이야. (공원 쪽을 보며) 왜 안 오시지?

세영, 벌떡 일어나 버스 안을 거닐다가 갑자기 자신이 앉았던 자리 앞 좌석으로 가서 털썩 앉는다.

은호　야!

세영　아, 깜짝이야. 왜?

은호　……그게 어떤 자리인지 몰라서 그래?

세영, 멋쩍은 듯 일어난다.
은호, 짜증을 내며 가방을 메고 버스 밖으로 나온다.
부서진 셸터 위쪽을 응시한다.
멀리서 오토바이가 지나가는 소리.
세영, 덩달아 버스 밖으로 나온다.
무대 앞쪽으로 온다.
길을 건너는 셈이다.

은호 야!

세영 혹시 모르잖아. 급하게 여성용품이 필요할 수도 있
고…….

세영, 나간다.
은호, 정류장을 벗어나 집 방향으로 가려다가 멈춘다.

은호 에이, 진짜.

은호는 듣지 못하지만
무대 밖, 화장실의 소리.
세영이 뻑뻑한 유리문을 끽 밀고 들어가는 소리.
자은의 긴 흐느낌.

사이

세영, 무대 앞쪽으로 들어온다.
은호, 세영을 보다가 길을 건너간다.

은호 왜 혼자 나와? 뭔 일 있어?

세영   뭔 일?

세영, 은호의 시선을 피해 벤치에 앉는다.
은호, 정류장 셸터 위쪽과 공원 쪽을 번갈아 본다.

사이

자은, 아무렇지 않은 척하며 들어온다.
이때, 갑자기 거대한 굉음.
쿵!
은호만 듣는 소리다.
은호, 귀를 틀어막고 주저앉는다.

자은   (은호에게 달려가며) 왜 그래! 괜찮니?

자은과 세영이 눈짓을 주고받는다.
세영은 영문을 모르겠다는 눈치다.

자은   (은호에게) 학생, 혹시 그 일 때문에 그래?

은호   (혼잣말) 아, 시발!

자은   둘 다 병원 가봤니?

세영   ……아줌마는요?

자은   ……너흰 가봤어야지. 부모님한테는 말씀드렸지?
하긴 뉴스에도 나왔는데 모를 수가 없지.

세영   (셸터 위를 가리키며) 저는 저기 공사장에 타워크레
인이 있는 줄도 몰랐어요. 이번 태풍 그렇게 안 심

했다는데. 픽 쓰러질 만큼 그렇게 약해요?

자은 그러게 말이야.

은호 전국에 있는 공사장에서 벌어지는 일이죠. 저기는 7층짜리 오피스텔 공사여서 소형 타워크레인으로 작업 중이었어요. (기계적으로) 소형은 중국에서 주로 수입되는데, 안전 규제에 구멍이 많아서 수입 단계에서부터 이미 부품이나 구조를 개조하고 연식도 위조한대요. 심지어 1990년대에 단종된 모델을 최근 걸로 속여서 등록하기도 하고요. 그러니까 휘어지고 꺾이고 와이어가 끊어지고 후크가 떨어지는 게 뭐 특별할 일도 아니죠. 크레인 기사가 죽고 근처에서 일하던 사람이 죽고 지나가던 사람이 재수 없게 죽고 근처에 세워놓은 차가 박살 나고……, 뭐 그런 거죠.

놀람을 포함한 침묵.

은호 인터넷에 다 나와요.

자은 어, 그렇구나. 저 공사장에서는 다행히 인명 사고는 없었어. 내가 듣기로는.

은호 우리가 그 주인공이 될 뻔했죠.

자은 어, 야……. 근데 어떻게 그런 걸 다 알아볼 생각을 했어?

은호 알아야 속이 편하니까요. 무슨 일이 왜 일어난 건지.

세영 안다고 뭐 달라져?

자은 ……그리고 보니 사흘밖에 안 지났네. 한 일주일은 된 거 같다. 너무 정신이 없었어.

은호 (다시 귀를 막고 주저앉으며) 아…….

세영과 자은, 은호를 본다.
급하게 암전.

2   그날의 버스

사흘 전 버스 안.

소리 이번 정류장은 근린공원 입구입니다. 다음 정류장
은······.

은호 또 그렇고 그런 클래식 음악이 흘러나오고 있었다.

세영 저 아줌마는 맨날 클래식 채널만 틀어놔. (하품을 쩍
하며) 집에 가서 컵라면을 하나 땡길까 말까 고민하
는 중이었다. 큰 컵? 작은 컵?

자은 윽······. 소변이 마려웠다. 교대하면서 기저귀를 깜
빡했다. 차고지까지는 견딜 수 있을 거다.

누군가가 벨을 누르는 소리.
삑!

자은 아, 젠장. 이 동네에 들어오면 항상 저 아이들뿐이었는데 웬걸 내리지 않은 사람이 더 있다.

세영 (앞 좌석을 가리키며) 바로 여기. 돼지갈비 냄새, 술 냄새, 마늘 냄새 팍팍 풍기면서. (코를 막으며) 웩!

자은 내리는 사람이 없으면 이 정류장은 슬쩍 패스할 생각이었다. 아! 젠장.

세영 졸다 깬 아저씨가 벨을 눌렀다. 그래, 빨리 내려. 빨리 꺼져!

은호 (수첩을 보며) negligent, 부주의한. negligent, 부주의한. 아, 이게 왜 이렇게 안 외워지지? 싶은 순간 뒷문으로 걸어가던 그 사람이 정차하는 버스의 반동에 비틀거리면서 뒷걸음질 쳤다. 내 어깨에 손을 짚었다. 미안해, 학생.

세영 열린 뒷문으로 후덥지근한 밤공기가 훅 밀려 들어온다.

자은 내리는 데 한참이 걸린다. 아! 욕이 나올 거 같아 억지로 인사한다. 안녕히 가세요!

세영 문이 닫힌다. 돼지갈비 냄새는 아직 남아 있지만 그래도.

자은 출발!

세영 출발!

은호 negligent!

정적.

negligent, 부주의한. negligent, 부주의한.

아, 이게 왜 이렇게 안 외워지지?

싶은 순간 뒷문으로 걸어가던 그 사람이

정차하는 버스의 반동에 비틀거리면서

뒷걸음질 쳤다. 내 어깨에 손을 짚었다.

미안해, 학생.

순간 긴 조명이 무대 뒷벽 천장에서부터 대각으로 버스 안을 날카롭게 가로지른다.
삼각 형태로 있던 세 사람 사이를.
은호 앞을 지나 자은의 뒤이자 세영의 앞으로.
소리 없는 세 사람의 비명.
모두 본능적으로 머리를 감싸고 수그린다.

세영   천둥? 아니 번개?

자은   (위를 살짝 올려다보며) 뭐지? 가로등이 쓰러진 건가?

은호, 벌떡 일어나 무대 중앙에 선다.
세영과 자은은 정지해 있다.

은호   저쪽 공사장에서 이 버스 위로 쓰러진 타워크레인. 버스 지붕은 종잇장처럼 구겨졌다. 창문도 박살이 났다. 너무 놀라서 유리 파편이 내 팔뚝에 꽂힌 줄도 몰랐다. 쾅! 나는 그날부터 수시로 귓가를 때리는 굉음을 들어야 했다.

경찰차 사이렌 소리, 소방차 사이렌 소리, 클랙슨 소리, 호루라기 소리 등이 무대를 휘감는다.
세 사람, 버스 밖으로 나와 셸터 근처에 선다.

자은   괜찮니?

세영   저, 가방 버스 안에 두고 내렸어요.

자은 괜찮아, 경찰 아저씨가 찾아주실 거야. 저기 현장 지휘하시는 분한테 내가 얘기할게.

세영 (은호 보며) 쟨 운동화 한쪽 없어요.

자은 아이구.

자은이 신발을 벗으려는데, 찰칵찰칵 사진 찍는 소리.
세 사람, 소리가 들려오는 쪽을 본다.

은호 아, 존나 욕 나오네. 방금 저 기자 새끼 표정 봤어요?

세영 나 봤어. 심각하게 다치거나 죽은 사람이 없으니까 완전 개실망한 얼굴이던데? 저거 봐, 대충 사진 몇 장 찍고 가는 거.

은호 크레인까지 풀숏을 찍으려면 어디 높은 건물에 올라가야겠지.

자은 애들아, 일단 집에 전화해, 응? 핸드폰은 다 멀쩡해? 응?

세영 아줌마. 아줌마가 안 괜찮은 거 같은데요? 눈물 떨어져요.

자은 (눈물 훔치며) 어? 그래?

세영 버스, 어떡해요?

자은 버스가 문제니? 얼른 전화하라니까. 지금 택시고 뭐고 없어. 길 개판 된 거 안 보여? 얼른!

사이

세영과 은호, 약속이나 한 듯이 그냥 터벅터벅 걸어간다.
자은, 황당해한다.
은호, 유리 파편이 박힌 팔을 확인하고 아무도 모르게 감싼다.

자은　애들아!

세영　전화하기가 좀 그래요. 사정이 있어요.

은호　괜히 놀라시잖아요.

자은　그런가? (자신의 신발을 은호에게 신겨준다.)

은호　됐어요.

자은　신고 가. 나는 회사에서 사람 나올 거니까 부탁하면
　　　　돼.

은호　고맙습니다.

자은　……너희, 진짜 괜찮은 거 맞지? 집에 가서 잘 살펴
　　　　보고 이상한 데 조금이라도 있으면 부모님하고 같
　　　　이 병원 가. 응? 그리고 이 버스 운수회사 번호 인
　　　　터넷에 검색하면 다 나와. 그리로 전화해서 상황 알
　　　　리고. 아니다, 내 번호 받아 가.

은호　됐어요. 아줌마 말씀대로 할게요.

세영과 은호, 나간다.
자은, 그제야 주저앉아 운다.

3   다시 오늘의 버스

1장과 연결된다.
시동이 걸리려다 멈추는 소리.
은호와 세영, 무대 앞쪽 벤치에 앉아 있다.

세영   아휴, 덥다. 열대야인가?

은호   …….

세영   왜 안 가?

은호   어딜?

세영   집.

은호   아. 넌?

세영   ……생각 중이야.

자은, 들어온다.

세영 수리하는 분 오셨나 보네요.

자은 응. 고치고 계셔. 심각한 문제는 아닌가 봐.

모두, 휴대폰을 보거나 멍하니 어딘가를 본다.
어색한 사이

자은 내가 중학교 때까지 대구에서 자랐거든. 중3 때, 1995년, 진짜 옛날이지? 그때 학교 앞 큰길에 지하철 만든다고 공사를 하고 있었거든. 거기서 사고가 났어. 그것도 사람들 출근하고 학교 가는 시간에. 공사를 하다가 땅속에 있는 가스 배관을 건드렸대. 건물 수백 개가 날아가고 무너질 정도였으니까 어마어마했지.

세영 허걱.

은호 기사님은 그때 어디 있었는데요?

자은 학교. 주번이었거든. 소리가 하도 커서 학교가 무너진 줄 알았어. 사람이 많이 죽었어. 우리 학교 애들도 한 마흔 명 가까이…… 그땐 그냥 살았으니까 다행인 줄 알았어. 그때 친구들 중에 딱 한 명이랑 아직도 연락을 하거든? 그 애가 엄청 오래 아팠어. 자기도 몰랐대, 그 일 때문인지. 결혼해서 아이를 낳고 그러고 나서 안 거야. 아, 살았어도 아픈 거구나…….

은호 저, 병원 가라고요?

자은 어. 그냥 한번 가보라고. (세영을 보며) 너도.

은호 있잖아요. 저, 비행기도 배도 안 타요. 공사장 근처로는 절대 안 걷고요.

세영 좀 오버 아니야?

은호 결국 사고 났잖아.

세영 에이, 그래도 그건 우연이지.

은호 우연? 곳곳에서 이런 일이 벌어지는데 우연? (자은에게) 알아요. 일어날 확률이 엄청 낮은 사고를 겪은 거라는 거. 그래도…….

자은 언제부터 그랬는데?

은호 모르겠어요.

자은 특별한 계기가 있었던 것도 아니고?

은호 의사 선생님도 똑같이 물었어요. 딱히 제가 겪은 일은 없어요. 저도 이유를 잘 모르겠어요. 언제부턴가 뉴스 보면 온갖 사고만 눈에 들어오고 그래요. 강박증이래요. 사실 저, 버스 타고 이쪽 길로 다니는 것도 싫어서 저 앞 정류장에서 먼저 내려서 건너편 길로 걸어간 적도 몇 번 있었어요.

자은 (고개를 끄덕이다가) 그래도 먼저 내려서 걷는 건 힘들지.

세영 이런 날씨엔 더더욱. 내렸다가 생각이 바뀌기라도 해봐. 이게 막찬데.

사람이 많이 죽었어. 우리 학교 애들도 한 마흔 명 가까이…….

그땐 그냥 살았으니까 다행인 줄 알았어. 그때 친구들 중에 딱 한 명이랑

아직도 연락을 하거든? 그 애가 엄청 오래 아팠어. 자기도 물랐는

그 일 때문인지. 결혼해서 아이를 낳고 그러고 나서 안 거야.

아, 살았어도 아픈 거구나…….

자은 나, 너네 매일 어디서 이 버스 타는지 안다? 아, 매일은 아니지. 내가 막차 모는 날. (은호를 가리키며) 넌 한강 다리 입구.

세영 강남에 있는 학원 다니나 보네? 왜, 다리 건너는 버스 타고 와서 다들 거기서 갈아타잖아.

자은 (세영을 가리키며) 넌 혜원병원 후문.

세영 …….

자은 미안. 너넨 이렇게 아는 척하는 거 싫어하지? 혹시, 너…….

세영 (걱정스러운 얼굴의 자은을 보다가) 저는 아니고요. 동생이 좀 아파요. 엄마랑 아빠랑 저랑 번갈아가면서 돌보거든요. 있잖아요. 사랑은 넘치는데……, (손가락으로 돈 모양을 해 보이며) 이게 좀 애매한 그런 집.

세영, 갑자기 킁킁댄다.

세영 어? 돼지갈비 아저씨.

세영이 보는 곳을 은호와 자은이 함께 본다.

세영 돼지갈비 진짜 좋아하나 보다.

자은 저 아래 사거리에 유명한 집 있어.

은호 아, 거기요?

자은   아마 그럴걸? 우리 딸이랑 나도 자주 갔는데.

세영   또 비틀거린다.

은호   막차 놓쳐서 욕하고 있겠지.

세영   병원은 저 아저씨가 가야 하는 거 아닌가?

은호   술이 약일 수도.

모두, 그가 지나가는 모습을 한동안 본다.

세영   사고 난 날 집에 갔더니 아빠가 코 골면서 소파에 뻗어 있더라고요. 네 캔에 만 원 하는 맥주 사 들고 와서 하나를 다 못 비우고 피곤해서 잠든 거 있죠. 이불 덮어주고 방에 들어가려는데, 병원에 있어야 할 엄마가 갑자기 현관문을 부술 듯이 열고 들어오는 거예요. 야, 박세영! 아빠도 깜짝 놀라서 벌떡 일어나고. 엄마가 일단 내가 멀쩡한 걸 확인하고는 아빠 등짝을 사정없이 후려치는 거예요. 병원에서 속보 보고 달려온 거였어요. 딸내미가 죽다가 살아 돌아왔는데 술 먹고 뻗어 있다고 난리 치면서 아빠를 팬 거죠. 맥주 세 캔은 안 딴 거였는데, 불쌍한 울 아빠⋯⋯. 근데 생각해보니까 엄마 말이 웃긴 거예요. 내가 죽다가 살아 돌아왔다고? 걍 죽을 뻔한 건데⋯⋯. 그 말 했다가 저도 맞을까 봐 가만있었잖아요. 자려고 침대에 누웠는데 생각이 났어요. 제 앞에 앉았던 그 아저씨!

모두, 지나가는 아저씨와 버스 안의 좌석을 번갈아 바라본다.

세영 저 아저씨의 운명을 나눈 건 몇 초였을까요.

모두, 버스 안으로 들어간다.

세영 버스가 정류장에 도착하기도 전에 일어나서 비틀거렸어요. 왜 저래, 싶었는데. 만약 그 아저씨가 꾸벅꾸벅 졸면서 계속 앉아 있었으면……. (연기조로) 죽는 것은 잠드는 것, 그저 그뿐.

은호 풉.

세영 무릇 교양인은 〈햄릿〉 한 번쯤은 봐야 한다고, 우리 교양인 담탱님께서 극장에 끌고 가셨죠. 근데 하필 대극장 2층 끝자리라 배우 얼굴도 잘 안 보였어요. 꾸벅꾸벅 졸고 있는데 대사 한 줄이 훅 들리는 거 있죠. 죽는 것은 잠드는 것, 그저 그뿐! 잠이 홀딱 깨더라고요. 제가 아직 안 죽고 싶은가 봐요.

은호 그저 잠드는 것일 뿐이라고? 피 칠갑 하고서?

세영 (자영과 동시에) 야.

은호 내가 앉았던 자리가 훨씬 위험했어. 그날은 정신없어서 몰랐겠지만 잘 봐봐. 공사장의 지대가 높고 저쪽에서 이쪽으로 크레인이 쓰러졌기 때문에 각도가 생겼잖아. 내가 앉았던 자리 주변으로는 그나마 틈이 생긴 거지. (세영의 앞자리를 가리키며) 크레인 끝부분이 저 자리를 완전히 찍어 눌렀잖아. 고리 부분의 무게만 100킬로가 넘는데. 이 자리 개박살 났던 거 생각 안 나? (또 귀를 막으며) 아.

자은과 세영, 어찌할 바를 모른다.
그저 잠잠해지기를 기다리는 수밖에.

세영　　버스가 조금만 더 일찍 출발했다면, 크레인이 쓰러지는 방향이 조금만 틀어졌다면, 나였겠지?

자은　　그런 생각 하지 마.

세영　　(은호와 동시에) 안 할 수가 없어요.

아래의 대사가 진행되는 동안, 2장의 소음들이 겹쳐진다.
자은, 고통스러워한다.

세영　　내가 만약 그날 이 자리에 앉았다면…….

은호　　내가 앉았다면…….

세영　　그 아저씨가 안 일어났다면…….

은호　　아줌마가 버스를 조금 일찍 세웠다면, 조금 늦게 세웠다면…….

세영　　조금 일찍 출발했다면, 조금 늦게 출발했다면…….

다시 한 번 긴 조명이 무대를 가로지른다.
이번에는 한쪽 방향이 아니라, 여러 방향으로.

버스가 조금만 더 일찍 출발했다면, 그레인이 쓰러지는 방향이 조금만 틀어졌다면, 나았겠지?

자은 그만! 그만해.

사이
무대 밖에서 자은을 부르는 소리.
"기사님!"
자은, 나간다.

세영 (머리를 쥐어뜯으며) 아, 바보. 왜 그 생각을 못 했지? 저 아줌마가 우리보다 이런 상상 훨씬 더 많이 해봤을 거야. 만약에, 만약에, 만약에…… 이랬다면, 저랬다면, 그랬다면…….

은호 ?

세영 너, 저 기사님 누군지 몰라?

은호, 버스 밖을 본다.

세영 너도 사거리에 있는 중학교 나왔잖아. 난 너 자주 봤어. 저 아줌마 딸도 우리랑 같은 학교 다녔어. 잘 아는 애는 아니고. 왜, 2학년 때 학교 앞에서 교통사고 났잖아. 그 일 땜에 경찰들이 내내 차 대놓고 교통 지도 하고, 쌤들도 돌아가면서 서 있고…….

은호 (말을 자르며) 그, 음주 운전자가 낸 사고? 그때 그 애가 저 아줌마 딸이라는 거야?

세영 (고개를 끄덕이다가) 발인이라고 하나? 영구차가 화

장터 가기 전에 학교 들렀거든. 운동장을 돌고 잠깐
섰다가 갔어. 내 자리가 창가 쪽이라 내다봤었어.
아줌마가 차에서 내려서 그 애 반 담임쌤이랑 엄청
우셨거든. 아! 아까 화장실에서 왜 우셨는지 이제
알겠다.

은호　뭐?

세영　아니야.

은호의 휴대폰이 진동한다.
자은, 들어온다.

자은　다 됐대.

은호　(한참 있다가 전화를 받으며) 어, 엄마. 가고 있어. 막
차가 좀 늦게 와서.

자은　(소리 죽여) 나 안 늦었는데?

은호　(돌아서며) 학원 쌤이 전화했어? 그냥 예고도 없이
갑자기 쪽지 시험 본 거야. 집에 가서 얘기할게. (듣
다가) 집에 가서 얘기한다잖아!

은호, 전화를 끊는다.
세영의 앞자리, 그 좌석에 은호가 털썩 앉는다.
세영과 자은, 놀란다.

은호　숨이 막혀요. 이렇게 고3까지 버틸 수 있을지…….

사이

세영 야, 일어나. 나 아까부터 그날 그 자리에 누가 앉아 있었으면 딱이었겠다고, 쌤통이었겠다고 생각하고 있었거든?

자은 나도.

세영 예?

자은 부끄럽지만 나도 그 생각했어. 넌 누구?

세영 신이요. 내 동생 가지고 장난치는 것도 모자라, 우리를 시험에 들게 하신 신이, 딱 저 자리에 앉아서 된통 당해봐야 해요. (은호에게) 야, 일어나.

은호, 고개를 푹 숙이고 움직이지 않는다.

자은 지하철 공사장이 폭발했던 날. 사망자 명단이 속속 나오는데 11시가 넘어도 학교에 나타나지 않는 친구가 하나 있었어. 옆 반 애였는데, 부상자 명단에도 없고. 그 반 애들이 우는 소리가 막 들렸어. 근데 좀 있다가 누가 운동장을 향해서 목이 터져라 외치는 거야. 윤정이다! 김윤정이다! 그 애였어. 정말 우리 학년 애들이 다 달려 나갔던 거 같아. 그 애를 알든 모르든 막 껴안았어. 늦잠을 잤대. 부모님들은 다 일 나가서 무슨 일이 벌어진 건지도 몰랐던 거야. 버스가 안 오니까 걷다가 뛰다가 하면서 학교까지 온 거야. 얼마나 숨을 몰아쉬는지. 나도 그 애

목을 덥석 껴안았는데, 걔가 짧은 커트머리였거든?
뒷머리에 땀이 송글송글 맺혀 있는 거 있지? 아직
도 그 느낌이 생각나. (은호의 등을 쓸어내리며) 좀
늦어도 괜찮다는 말이야.

은호 남들처럼 열심히 살면 죽을 확률이 더 높다는 말처
럼 들리는데요? (피식 웃는다.)

세영 으이구.

자은 이제 그만 가자.

은호 아줌마.

자은 왜.

은호 우리 동네 한 바퀴만 돌면 안 돼요?

세영 좋다. 불 *끄고.*

자은 …….

은호 (세영과 동시에) 안 돼요?

자은 콜. 이건 좀 TMI인데, 난 이 버스 번호가 좋아. 내
가 79년생이고, 우리 딸이 06년생이거든. 7906번
버스에 탑승하신 것을 환영합니다.

세영 저도 TMI 하나 있는데……. 제가 지민 오빠 팬이거
든요.

자은 방탄? 우리 딸도.

세영 제가 중2 때 지민 오빠 생일 축하 광고판을 다는 게
꿈이었거든요? (셸터를 가리키며) 저기다가요.

은호 그런 걸 누가 하나 싶더니.

우리 동네 한 바퀴만 돌면 안 돼요?

좋다. 불 끄고.

이줌마.

왜.

이제 그만 가자.

세영 그해 오빠 생일이 일요일이었어요. 친구들하고 돈 모아서 광고판 달고 저쪽 공원에서 하루 종일 그거 쳐다보면서 놀자고……. 소문이 나서 다른 반 애들까지 합세했어요. 근데 쌤한테 들켜서 모은 돈 다 돌려줬거든요. 다행히 이름을 전부 적어놔서. (망설이다가 지갑에서 꼬깃꼬깃 접어놓은 만 원을 꺼내며) 민주 돈을 못 돌려줬어요.

자은 어머.

세영 받아주시면 안 돼요?

은호 야.

자은 ……그래, 받지 뭐. 우리 딸 덕분에 공돈 생겼네? (지폐를 받아 펼쳐 보며) 여기에다 이름을 적어놨네? 3반 정, 민, 주?

은호 지폐에 뭐 적고 그러면 안 돼.

세영 (은호를 째려보며) 예, 예.

자은 무슨 거짓말을 하고 나한테 이걸 받아 갔을까. 궁금한 게 하나 늘었네. 이제 가볼까? 모두 착석해주시고요.

모두, 자리에 앉는다.

자은 자, 출발합니다 —

시동이 걸리고 버스가 움직이는 소리.

세영과 은호, 창밖을 내다보며 생각에 잠긴다.
라디오 소리가 흘러나온다.

소리 막차를 운행 중이신 버스 기사님의 문자입니다. 깜깜한 밤, 차고지를 향해 가고 있는데, 문득 푸르게 너른 들판을 향해 달려보고 싶으시다네요. 기사님의 신청곡입니다. 스코틀랜드의 밴드 트래비스의 명곡이죠. 〈Why does it always rain on me?〉를 신청하셨어요. 이 노래, 가수의 경험을 담은 가사가 인상적이죠? '왜 나한테만 비가 쏟아지는 거지? 열일곱 살 때 거짓말을 했기 때문일까?' 노래 듣고 오겠습니다.

노래가 흐른다.

막

왜
나
한
테
만

비
가
쏟
아
지
는
거
지
?

열
일
곱
살
때

거
짓
말
을
했
기
때
문
일
까
?

작가 노트

공연 프로그램에 실은 작가의 글에서, 나는 청소년극을
쓸 때 생기는 긴장과 두려움에 대해 말한 적이 있다. "잘
모르면서 아는 척하는 얘기가 될까 봐, 그렇고 그런 어른
의 주절거림이 될까 봐, 재미없을까 봐, 재미만(?) 있을까
봐……." 빈말이 아니었다. 아마도 나이를 먹고 있는 탓일
거다. 2010년 「소년이 그랬다」를 쓸 당시에는 그런 생각을
하지 않았다. 처음 청소년극 작업을 해보는 터라 여러 반응
을 수렴하기에도 정신이 없었다. 하지만 이번 작품을 쓰면
서 작가로서도 한 개인으로서도 기성세대가 되었음을 명확
하게 인지할 수 있었다. 그렇다면 나는 청소년 관객과 어떤
얘기를 나눌 수 있을까. 내가 내린 답은 '위로'였다. 커가느
라 가쁘기만 한 숨을 잠시 고를 수 있도록 무대라는 자리를
내주고 싶었다. 그것은 지금의 청소년 관객을 향한 것이기
도 하지만, 과거의 나와 또 내가 보듬지 못했던 많은 친구
들을 향한 것이기도 하다. 90년대 온갖 재난 사고를 목격
하고 경험하며 살았던 그 친구들 말이다. 백화점이 무너지
고 한강 다리가 끊어지고 지하철 공사장이 폭발하던 순간
들을 보면서, 처음에는 가슴을 쓸어내리다가 왜 자꾸 덤덤
해졌는지 왜 자꾸 잊으려고만 했는지를 생각한다. 그리고
그 기억들이 어떻게 불현듯 일상을 뚫고 나오는지를……

국립극단의 기획을 통해 다른 두 명의 작가와 구상 단계에서부터 함께 이야기를 나누었다. 그런 작업 방식을 통해 하나의 세계가 완성되어가는 것을 함께 지켜본다는 것은 신선한 경험이었다. 아마도 청소년극이기에 가능했을 것이다. 내 세계를 구축하는 것보다 어떻게 가닿는지를 가늠하는 것이 청소년극에서는 더없이 중요하고 또 어려우니까. 나는 '감응'이라는 단어를 무척 좋아한다. 느끼는 데 그치지 않고 반응하는 것. 지금 이 시대를 살아가는 청소년에 감응하고, 또 그 청소년을 통해 누군가가 감응하기를 기대하며 작품을 썼다. 어떤 독자에게도 그 마음이 가닿기를 기대해본다.

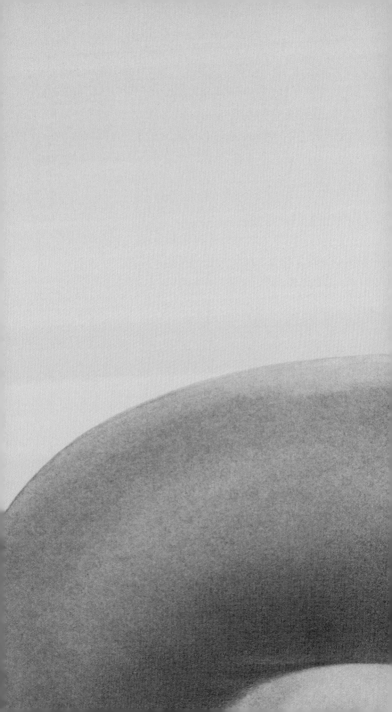

빵과 텐트

허선혜

등장인물   배우

                아이

1   기아체험 24시 캠핑장

기아체험 24시가 진행 중인 난지캠핑장.
텐트 하나에 배우가 들어온다.
배우는 가만히 앉아 있다가 가방을 열고 빵을 꺼낸다.
빵을 한 입 베어 물려고 할 때, 텐트 지퍼가 열리며 아이가 들어온다.

아이　　어, 배우님. 이거 배우님 텐트였구나. 안녕하세요.

배우　　네.

아이　　(텐트 안으로 들어오며) 다른 텐트들하고 떨어져 있
　　　　　어가지고 빈 텐트구나 생각하고 들어온 건데. 일부
　　　　　러 다른 텐트들하고 좀 떨어져 있는 거구나. 이런
　　　　　거 참여해도 그래도 배우로서 프라이버시는 있고
　　　　　하니까.

배우　　네, 뭐, 좀. 네.

아이　　저 배우님 진짜 팬이에요.

배우 네, 감사합니다.

아이 아니, 빈말이 아니라 진짜요. 저 배우님 나온 거 진짜 다 봤어요. 최근에 현정원 감독님하고 같이 하신 〈말린 포도와 붉은 바람〉도 너무 재미있게 봤고요. 그 전에 〈소라의 정원〉, 〈설악산〉, 〈호랑이는 사실 귀뚜라미의 후손이다〉 다 봤고요. 며칠 전에 기사 난 것도 봤는데 연극 하게 되셨다고. 진짜 저 꼭 보러 갈 거예요. 매일매일 보러 갈 거예요.

배우 네, 진짜 팬 맞으시네요. 감사합니다.

아이 진짜예요, 진짜. 이런, 기아체험 24시 이런 것도 참여하시고. 배우님 같은 분들이 이런 거 한다고 인스타 같은 데 올리면 저희 같은 팬들이 영향 엄청 많이 받고 또 같이 하기도 하잖아요. 그래서 저도 온 거거든요.

배우 네.

아이 솔직히 24시간 굶는 거 쉽지 않고. 네. 진짜 어려워 가지고. (빵을 본다.)

배우 죄송합니다.

아이 아녜요, 아녜요. 다들 뭐 많이들 싸 왔더라고요. 돌아다니면서 슬쩍 봤는데. 피자도 싸 오고. 김밥도 싸 오고. 그러고 있더라고요. 저기서는 불 지펴서 소고기도 구워 먹고. 네.

배우 네. 조금 실망……

아이 아뇨, 아뇨. 실망요, 제가 무슨. 아는 사이도 아닌데요. 절교하고 그럴 수도 없고. 그러거나 말거나 똑같으니까요.

배우 네.

아이 여기 생각보다 따뜻하네요. 굉장히 아늑해요.

배우 그런 것 같습니다.

아이 사실 솔직히 말하면 저는 이거 참여하러 온 게 아니고, 그냥 한숨 자러 온 거거든요. 제가 집이 없어가지고. 그냥 여기저기 돌아다니면서 자는데 여기 이렇게 텐트가 많아가지고. 보니까 배우님 참여하신다는 그건 거예요. 그래가지고 아무 텐트에서나 자고 운 좋으면 배우님도 보겠다 했는데 딱 여길 들어와버린 거예요. 진짜 신기하죠.

배우 네. 신기하네요.

아이 진짜 신기한 거예요. 마치 짠 것처럼. 너무 신기해서 어이없어. 근데 그 빵은 무슨 빵이에요?

배우 그냥, 동네에서 파는 빵입니다.

아이 진짜 맛있게 생겼다. 그니까 평범한 빵 같지가 않고. 엄청 엄청 예쁘다. 빵이 예쁘네요.

배우 그런가요.

아이 네. 먹기가 아까울 정도로. 그냥 갖고 싶게 생겼다.

배우 제 눈엔 그냥 빵인데요.

아이 그쵸. 빵이니까.

배우 혹시 먹고…… 싶단 말을 많이 돌려 하신 건가요?

아이   아니, 그럴 의도는 전혀 없었어요. 배가 고프긴 해요. 사실 오늘은 한 끼도 못 먹어서.

배우, 빵을 뜯어 주려고 하다가 안 뜯는다.

배우   죄송합니다.

아이   네?

배우   조금 나눠드리려고 했지만 안 되겠습니다. 제가 다 먹고 싶어서요. 배가 많이 고파서.

아이   네, 그럼요. 배우님 건데요. 신경 쓰지 말고 다 드세요.

배우   감사합니다.

아이   감사하긴요, 뭘. 제가 사실 빵을 안 좋아해요. 소화가 잘 안 돼서. 기아체험도 그냥 체험이잖아요. 진짜 뭐 나눠주고 그럴 필요 없잖아요. 저는 걱정하지 마세요. 전 진짜 괜찮아요.

배우   네.

배우, 빵을 먹으려다가 만다.

배우   혹시.

아이   네.

배우   이거 어디 올릴 건가요?

아이   뭘 올려요? 아, 빵이요? 인터넷 같은 데?

배우   네.

아이   네.

배우   큰일이네요.

아이   그러게요. 말 안 하는 게 나으려나요? 배우님 이미 지도 있고. 그니까 이런 사회운동 하는 걸로 팬들이 많이 생겼는데 제가 말해버리면 여러모로 문제가 좀 생기긴 하겠어요.

배우   네, 좀.

아이   어? 그럼 제 부탁 하나 들어주실래요? 부탁 들어주시면 그런 거 안 할게요.

배우   어떤……

아이   제가 잃어버린 게 있는데, 그거 같이 찾으러 가주실래요? 혼자는 좀 무섭고 버거워서.

배우   뭘 잃어버리셨는데요?

아이   몸이요.

배우   몸이요?

아이   네. 몸.

배우   몸?

아이   네. 제 몸이요, 제 몸.

배우   그 몸은 누구의 몸이고요?

아이   아, 이 몸이요. 저도 이게 제 몸일까 했는데 아니더

제가 잃어버린 게 있는데, 그거 같이 찾으러 가주실래요? 혼자는 좀 무섭고 버거워서.

뭘 잃어버리셨는데요?

몸이요.

몸이요?

네. 몸.

몸?

네. 제 몸이요, 제 몸.

라고요. 아니었어요. 확실히 잃어버린 거예요. 어딘
가에서.

배우 어디서 잃어버리셨는데요?

아이 그게 잘 기억이 안 나는데. 있을 만한 데를 좀 찾아
가볼까 하거든요.

배우 여긴 없나요?

아이 네. 여긴 없고. 찾으러 가야 돼요. 같이 찾아주세요.

배우 언제요?

아이 지금요.

배우 지금은. 제가 대외적으로 텐트에 있다고 소문이 나
있어서 좀 어렵겠습니다.

아이 괜찮아요. 이건 제 꿈속이니까.

배우 꿈속이요?

아이 네.

배우 언제부터요?

아이 갑시다!

아이, 배우를 잡아 이끈다.
텐트 문을 연다.
밖으로 나오는 두 사람.
난지캠핑장이 아닌 다른 세계가 펼쳐진다.

2   시칠리아 해변

아이와 배우, 시칠리아 해변의 모래사장 위를 걷는다.
모래가 어찌나 많은지 발이 푹푹 빠진다.
아이와 배우는 속절없이 아래로 끌어당겨졌다 올라오길 반복한다.

아이   여기는 시칠리아 해변이에요.

배우   여기에 몸이 있나요?

아이   있을 수도 있어요. 여기에서 자라는 조개 안에 제
몸이 있을 거라고 했어요.

배우   누가요?

아이   책에서 봤어요.

배우   어떻게 생겼어요? 알아야 발견할 수 있을 것 같은
데요.

아이   그게, 어떤 느낌은 있는데. 설명을 못 하겠어요.

배우   네.

아이   계속 이렇게 걷다 보면 뭐라도 나올 거예요. 그래도 배우님하고 같이 와서 얼마나 다행인지 몰라요.

배우   네.

아이   어? 여기! 이 조개 좀 보세요. 동죽조개예요. 이 안에 있을 것 같아요.

배우   찾은 거예요?

아이   네. 딱 이 조개거든요.

아이, 조개를 열어보려고 한다.
안 열린다.
돌로 조개를 깬다.
깨진다.

아이   이거 깨는 거 도와주실래요?

배우   네.

아이와 배우, 조개를 깨부순다.
부수는 것에 집중한다.
조개껍데기가 다 바스라진다.
모래처럼.

아이   아! 맞다! 망했어요.

배우   왜요?

아이   이 조개 '안'에 있다는 느낌이었는데. 다 부숴버려서 '안'이 사라졌어요.

배우   어…….

아이   그냥 열기만 하면 됐는데. 다 부숴버려서.

배우   죄송합니다.

아이   무슨요. 제가 부수자고 했는데. 여기선 실패 같아요.

아이, 조개 부스러기를 모래사장에 뿌린다.

아이   다른 곳으로 가보죠.

아이, 배우를 이끌고 텐트를 통과해 다른 세계로 이동한다.

3   무너진 성당의 돌무덤

와르르 무너져 형체를 알 수 없게 되어버린 성당의 돌무덤.
아이와 배우가 돌무덤을 오른다.

아이   여기는 예전에 성당이었는데요. 지금 이렇게 다 무
         너져 있어요. 아름답기로 소문났었는데 지금은 그
         냥 돌무덤이네요.

배우   아는 곳이었어요?

아이   네. 어릴 때 불국사에 있는 성당에 정말 열심히 다
         녔었거든요.

배우   불국사에 성당이 있어요?

아이   아니요.

배우   근데 어떻게 다녀요?

아이   열심히 다녔어요. 매주 일요일마다 갔어요. 미사를

드릴 때마다 꼭 제 몸을 봐온 것 같은 느낌이 들어요.

배우 네. 그럼 정말 여기에 있겠네요.

아이 저기 꼭대기에 있을 것 같아요. 빨리 가봐요!

배우, 오르는 것이 영 힘들다.
좀처럼 힘을 내지 못한다.

아이 괜찮으세요?

배우 잘 안 올라가지네요.

아이, 배우에게 손을 내민다.
배우, 아이를 의지해 정상까지 올라간다.
배우, 겨우겨우 정상에 오른다.

배우 있어요?

아이, 주변을 둘러본다.

아이 아! 또 망했어요.

배우 왜요.

아이 구석이 없어요. 맨 위에는 구석이 없어요. 내 몸은 구석이 아니면 없을 텐데.

배우 구석이 없네요.

아이   아쉽네요. 어서 다른 곳으로 가보죠.

아이, 배우를 이끌고 텐트를 통과한다.

4   나무와 흑연 사이

아이와 배우, 나무와 흑연 사이에서 흑연을 중심으로 빙글빙글 돈다.

아이　여기는 연필의 나무하고 흑연 사이인데요. 정확해요. 정확히 여기 있을 것 같아요.

배우　몸이 이런 데에 있다고요? 여긴 진짜 없는 공간이잖아요.

아이　네. 진짜 없는 공간에 있어요.

배우　빨리 찾으면 좋겠어요.

아이　어머, 죄송해요. 이제 좀 힘드시죠.

배우　아닙니다. 많이 힘듭니다.

아이　하. 여기도 없는 것 같네요. 다른 곳으로 가보죠.

배우　또요?

여기는 연필이 나무하고 혹연 사이인데요. 정확해요. 정확히 여기 있을 것 같아요.

몸이 이런 데에 있다고요? 여긴 진짜 없는 공간이잖아요.

네. 진짜 없는 공간에 있어요.

아이와 배우, 텐트를 통과한다.

5   앞으로 쓰일 일기의 맨 첫 단어
'오늘'의 'ㅇ' 속

아이와 배우, 자음 'ㅇ' 속에 함께 껴 있다.

아이   여기는 앞으로 쓰일 일기의 맨 첫 단어 '오늘'의
'ㅇ' 속인데요.

배우   여기도 없죠.

아이   없네요.

배우   조금 편한 곳에서 찾아보면 안 될까요? 그런 데 있
을 수도 있잖아요.

아이   죄송하지만 그런 덴 없어요. 편한 덴 없어요. 한 번
도 그래 본 적이 없거든요. 제 몸은 분명 구석에, 모
서리에, 실선에, 사이에 있어요. 근데 본 적도 들은
적도 없어서 어디에 있는지 전혀 알 수가 없어요.
그래서 하는 수 없이 가봤던 곳들을 한 번 더 가본
건데.

죄송하지만 그런 덴 없어요.

편한 덴 없어요.

한 번도 그래 본 적이 없거든요.

제 몸은 분명 구석에,

모서리에,

실선에,

사이에 있어요.

그래 본 적도 둘은 적도 없어서

어디에 있는지 전혀 알 수가 없어요.

배우 다 없는 곳들이라고 하지 않았어요?

아이 네. 없는 곳만이 가볼 수 있는 곳이었으니까요.

배우 네. 어떤 형상도, 어떤 느낌도 갖고 있지 않은 건가요? 그 몸이요.

아이 그니까 그 느낌이요. 부드럽고 따뜻하고 예쁘고 좋은 냄새가 나는 거라고 느껴지는데요. 근데 그게 제 기억인지 그냥 상상인지 잘 모르겠어요. 이제 저도 어디로 가야 할지 모르겠네요. 같이 안 찾아주셔도 돼요. 좀 힘드셨죠.

배우 아뇨. 많이 힘들었습니다. 왜냐면, 왜 그런지는 모르겠는데. 제 몸을 찾는 것 같기도 해서. 제 몸을 잘 찾아본 적이 없어서요. 저는 항상 닿기에 실패를 하는 사람이어서. 제가 오히려 버겁네요. 도움이 못 돼서 죄송합니다.

아이 무슨 소리세요! 배우님. 저는 배우님 아무것도 없어서 좋아해요. 왜냐면, 배우님은 어떤 역할을 맡아도 다 똑같이 하잖아요. 이 역할이 저 역할 같고. 연기를 하는 건지 뭔지 모르겠고. 그래서 좋아요. 그니까 섣불리 만들려고 하지 않잖아요. 그게 좋은 거예요. 사회운동으로 도피하는 것도 그니까 그게 도피인 게 너무 잘 보여서 좋고. 근데 저는 그거 실패 아니라고 봐요. 배우님은 그냥 이런 데 있는 거예요. 우리가 지나온 길 같은 데에 잠깐 머물러 있는 거. 근데 그게 그렇다고 절대 실패는 아니잖아요. 저는 진짜 그렇게 생각해요.

배우 아!

아이   진심이에요.

배우   네. 정말 감사합니다. 그, 몸이요. 곧 찾을 수 있을 것 같습니다.

아이   정말요? 어떻게 아세요?

배우   그냥 느낌이 옵니다.

아이   진짜 감사해요. 저, 빵 얘기도 인터넷 같은 데 안 올릴게요. 걱정 마세요.

배우   네. 빵 얘기해서 말인데. 아까 그 빵 좀 먹어도 될까요? 배가 너무 고파서요.

아이   어머, 죄송해요. 아까부터 배고파하셨는데. 어떡해요. 어서 드세요.

배우   네, 허락해주셔서 감사합니다.

배우, 빵을 꺼낸다.
아이, 빵을 보고 놀란다.

아이   어? 잠시만요.

배우   네?

아이   이거요. 이거예요.

배우   네?

아이   이거였어요.

배우   어떤 게······.

아이   제 몸이요. 제 몸이에요.

배우 이, 빵이요?

아이 네! 바로 이거예요! 부드럽고 따뜻하고 예쁘고 좋은 냄새가 나잖아요.

배우 이건 그냥 빵인데요?

아이 배우님하고 만난 게 정말 운명이었나 봐요. 드디어 찾았어요! 배우님 덕분에! 제 몸 주시겠어요?

배우 이건…….

아이 네. 어서요.

배우 이건…… 빵입니다. 제가 사 온 건데요. 제가 먹을 겁니다.

아이 무슨 말씀이세요. 이거 제 몸이에요. 빨리 주세요.

배우 저 정말 오래 참았습니다. 이제 겨우 먹으려고 하는 겁니다.

아이 빨리 내놔요.

배우 못 줍니다!

배우와 아이, 빵을 서로 갖기 위해 몸싸움을 한다.
그러다 빵이 빵! 터져버린다.

아이 아아, 안 돼. 안 돼! 내 몸!

지각변동.
아이, 빵처럼 터져버린다.
둘이 있던 세계도 터져버린다.

빅뱅.

배우, 멀리멀리 날아간다.

6   광야

홀로 드넓은 광야를 걷는 배우.

배우   빵이 터졌어. 빵, 터졌어. 다 전부 다. 여긴 어딜까.
아직 아이의 꿈일까. 그게 아니라면 어디지? 현실
로 돌아온 걸까? 모르겠다. 뭐라도 나오면 좋겠다.
뭐라도. 이렇게 걷다가 죽는 걸까? 이게 아이의 꿈
이라면, 남의 꿈속에서 죽는 거야. 나쁘지 않다. 죽
을 때까지 남의 꿈속을 헤매다 죽어버리는 비극적
인 주인공. 아이는 어디로 갔을까. 나처럼 길을 잃
고 헤매고 있으려나? 아니야. 빵 터졌잖아. 터져서
산산조각이 나서 흩어져버렸어. 흩어져버렸어. 그
냥 줄걸. 그건 아이의 몸이었는데. 아이가 그렇게
간절히 찾던 몸이었는데. 그렇게 만난 이유가 있었
을 텐데. 아이의 말대로. 아이가 보고 싶다. 그냥,
보고 싶어. 아이의 몸을 찾아줄까? 어떻게 찾아. 산

산조각이 났는데. 아니야. 찾아야겠다. 삼백 개가 됐든, 사백 개가 됐든 찾아야겠다. 보고 싶으니까. 빵, 빵을 찾아야 해. 빵. 빵 찾아요! 빵! 거기 있나요? 빵! 빵 찾아요!

모래바람이 인다.
모래바람을 뚫고 걷는 배우.
그러다 한 텐트를 발견한다.
기아체험 24시의 텐트와 비슷하게 생긴 텐트.
하지만 그곳에 진짜 오래 있었던 텐트처럼 보인다.
모래바람이 정말 거세다.
하지만 배우, 애써서 걷고 또 걷는다.
모래바람을 뚫고 텐트에 겨우 가닿는다.
그때 텐트에서 한 아이가 나온다.
아이와 똑 닮은 아이.
배우, 아이를 보자마자 무릎을 꿇는다.
모래바람이 그친다.
아이, 어리둥절하기만 하다.
배우, 아이를 바라본다.
아이의 차림새나 분위기가 유목민 텐트에 사는 현지인 같다.

배우   저, 모르시나요.

아이, 갸우뚱.

배우   전데요.

아이, 반응이 없다.

배우　하. 제가 사람을 착각했습니다. 너무 닮아서. 죄송
　　　　합니다.

아이, 배우가 꾸벅 인사하자 똑같이 고개를 숙인다.

배우　혹시 한번 안아봐도 될까요?

아이, 못 알아듣는다.

배우　(몸동작으로) 한 번.

아이, 웃으며 고개를 끄덕인다.
배우, 아이를 안아준다.

배우　감사합니다.

배우, 지나쳐 가려다가

배우　아, 혹시 여기 빵 있나요?

아이, 못 알아듣는다.

배우　빵이요, 빵. (몸동작으로) 빵. 빵! 냠냠. 빵. 호호. 빵.
　　　　빵 조각.

아이, 고개를 끄덕이더니 텐트 안으로 들어가서 큼지막한 자루를 꺼내
온다.
그리고 자루를 엎는다.
하얀 가루가 쏟아져 나온다.

배우　아아, 아이가, 이렇게 잿더미가. 안 돼.

배우, 하얀 가루를 손으로 움켜쥐고 끌어 모으며 눈물을 콸콸 쏟는다.
아이, 배우를 지켜보다가 물을 붓고 반죽을 하기 시작한다.
배우, 아이의 행동을 지켜보기 시작한다.

아이　　(몸동작으로) 이걸로 빚어야, 생긴다. 빵이 생긴다.

아이, 밀가루 반죽을 열심히 한다.
배우, 한참 보다가 반죽하기 시작한다.
아이와 배우, 땀을 뻘뻘 흘리며 함께 밀가루 반죽을 한다.

막

아, 혹시 여기 빵 있나요? 빵이요, 빵.

빵. 네. 남편이 빵. 응. 호호. 응. 빵. 응. 조가.

작가 노트

어떤 세계와 어떤 세계의 만남은 때론 꽤 비현실적이다. 비현실을 사는 것이 더 익숙한 사람들한테는 더더욱 그러하다. 세계가 오작동을 해서 속이 답답할 때 오히려 오작동으로 '잘' 굴러가는 비현실을 상상하게 된다. 이곳과 저곳을 자유롭게 넘나들고 싶었다. 몇 땀씩 홀쩍홀쩍 뛰어넘으며 실을 꿰고 싶었다. 매우 있을 법한 상황에서 시작해 말도 안 되는 상황으로 끝내고 싶었다. 쓸 때는 배우의 입장에 공감했는데 몇 달이 지나 다시 읽어보니 아이의 입장에 더 많이 마음이 간다. 쓸 당시의 나와 지금의 나는 이미 몇 바퀴씩 돌아서 서로 다른 사람이 되었기에. 난 아직도 아이처럼 몸을 찾고 있는데 영원히 찾고 싶지 않다는 생각도 동시에 든다. '제발, 제발 없어라' 하면서 찾는 것이다. 그랬는데 찾아지면 어쩌지. 그럼 참 곤란하다.

　'가닿는다'는 말은 최근 들어 참 많이 생각하는 말이다. 작가로서, 배우로서, 허구를 만들어내는 사람들로서 우리는 어떤 세계에 가닿기만 하는 사람들이다. 다가서기에 갖은 애를 다 쓸 뿐 그렇다고 진짜는 절대 될 수 없는 존재들. 그런 존재로서 할 수 있는 이야기와 하고 싶은 이야기에 대해 많이 생각한다. 아이의 말에 그런 나의 생각

84

과 마음이 담겨 있다. 그것은 정말 가닿는 존재들에 대한 내 응원의 마음이다.

　　　희곡의 세계에 담긴 언어들은 함께 작업한 한현주, 나수민 작가님이 더 많이 찾아주었다. 내가 몰라서 헤매는, 나도 모르는 어떤 공간을 함께 채워주었다. 그것을 나는 서로가 서로를 견인한 것이라고 표현했는데 단단히 서 있을 수 있게 양옆에서 잡아준 느낌이 더 크다. 두 작가님의 세계와 연결됐다는 것이 참 기쁘다.

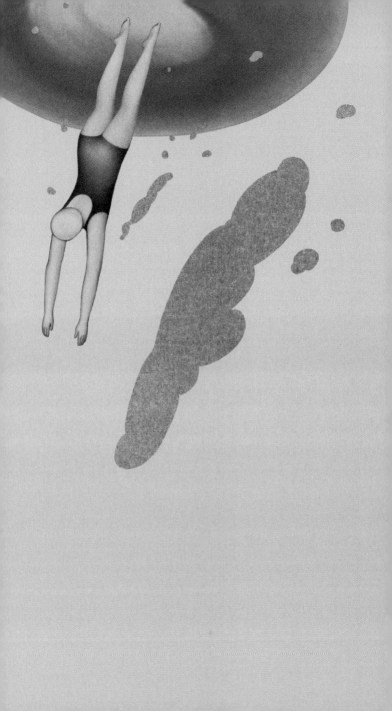

하얗고 작은 점

나수민

등장인물	**강준**	14세 남자
	지오	14세 여자
	의사	유방암센터 의사
	엄마	사십대 후반 여자, 강준의 엄마
	원경	삼십대 후반 여자
	욱	삼십대 초반 남자
시간	현대	
공간	진료실, 수영장 탈의실, 암센터 로비, 물속	

1 진료실

의사, 차트를 보며 테이블 앞에 앉아 있다. 테이블 위에는 모니터가 있다.
엄마, 맞은편에 앉고 강준, 그 옆에 서 있다.

의사   (차트 보다가) 그래, 자, 앉으세요.

강준, 계속 서 있다.
의사, 강준을 본다.

의사   보호자. 앉으시라고요.

강준   저요? 어, 네, 근데 의자가 없는데.

의사   없어요? 그럴 리가 없는데

의사, 괜히 의자 찾는 척을 한다.

엄마, 앉으라는 듯 자기 무릎을 두드린다.

강준 아, 저 그냥 서 있을래요.

강준, 엄마 어깨에 손을 올린 채 붙어 선다.

의사 그래요, 그럼, 자 이제 한번 봅시다.

의사, 모니터에 X선 사진을 띄운다.
강준, 자기도 모르게 모니터 쪽으로 몸을 확 기울인다.

의사 이쪽이 유방을 위아래로 눌러 찍은 거, 그리고 이쪽
이 좌우로 눌러 찍은 사진이고요.

강준 (놀라) 치밀유방이다.

엄마 응? 그게 뭐예요, 선생님?

강준 가슴에 지방은 적고 유선조직은 많은 걸 치밀유방
이라고 하는데, 우리나라 사람들은 원래 치밀유방
이 많대. 지금 이렇게 엄마 가슴이 하얗게 보이는
것도 유선조직이 엄청 촘촘해서 그런 거고. 근데 치
밀유방은 유방암 걸릴 확률이 높다고 그랬는데.

의사 아…… 무조건 그렇다는 건 아니고요. 일단 보호자,
조금만 뒤로 갈까요.

엄마 결절은 어느 쪽에 있어요?

의사 우리가 봐야 할 건 왼쪽 유방인데요, 여기 이 안에

하얀 부분 보이시죠.

강준 어디요?

의사 여기, 여기 유방 한가운데에 하얀 곳.

사이

강준 안 보이는데.

의사 여기 안 보여요? 여기. 아니 너무 가까이 오지 마시고.

강준 어, 선생님, 안 보여요. 엄마, 보여?

엄마 (가리키며) 여기 있잖아, 강준아.

의사 작은 덩어리 이거. 안 보여요?

강준 다 하얀데 여기 어디에 덩어리가 있어요?

의사 (엄마 보며) 보이시죠?

엄마 네, 저는 보이는데…….

의사 그럼 넘어가죠.

강준 선생님, 저는 안 보이는데요.

의사 환자분이 보인다니까 됐어요.

강준 (놀라) 우리 엄마 환자예요? 유방암이에요?

의사 아, 아니 아니, 아니요. 지금 제가 환자라고 칭하는 건 병이 있다는 의미가 아니고 저는 병원에 방문하신 분들은 모두 환자라고 불러요, 알겠죠?

강준, 계속해서 모니터를 들여다본다.

의사 아시다시피, 이걸 결절이라고 하는데, 그냥 작은 혹
이나 덩어리 정도로 생각해주시면 되고요. 일단 지
금은…….

강준 낭종이에요, 고형이에요?

의사 아니 일단 지금은…….

강준 아, 엄마, 낭종은 물혹 같은 건데 속이 빈 거고, 고
형은 안에 조직이 차 있는 거래.

의사 박사님, 제가 말해도 됩니까?

강준 저 박사 아닌데.

의사 일단 지금 결절 크기가 작기도 하고 X선 사진을 육
안으로 본다고 해서 양성일지 악성일지 알 수는 없
어요. 낭종인지 고형인지도 마찬가지로 알 수 없고
요. 혹 같은 게 아니고 치밀유방이라 유선조직이 너
무 촘촘하게 겹쳐 있어서 덩어리진 것처럼 보이는
걸 수도 있고요. 아닐 수도 있고요. 일단 초음파검
사를 해보고 그때 결절 모양이 안 예쁘면 조직검사
까지 해봐야 정확히 알 수 있을 겁니다.

강준 (모니터 들여다보며) 선생님 눈에는 모양이 예뻐요,
안 예뻐요?

의사 육안으로는 저도 알 수가 없어요. 이후에 초음파랑
조직검사를…….

강준 알 수가 없다고요? 의사 선생님이잖아요.

의사　의사여도 시력은 똑같습니다. 아니 모니터 뚫겠네, 조금 뒤로 가봐요.

엄마　강준아, 조금 뒤로 와봐.

강준　그럼 뭔지도 모르는 걸 엄마는 가슴 속에 계속 갖고 있어야 한다고요?

의사　그러니까 초음파나 조직검사를 해보면…….

강준　의사 선생님이면 딱 봤을 때 느낌이 팍하고 올 줄 알았는데.

의사　(지쳐서 안경 벗으며) 봐요, 나 시력 마이너스 14예요. 그냥 이건 인간의 눈으로는 불가능한 겁니다. 초음파검사를 하면서 결절의 더 정확한 위치나 생김새…….

강준　근데 여기 결절이 어디 있어요? 저도 꼭 보고 싶은데. 보면 느낌이 팍 올 거 같은데.

의사　제발 좀 뒤로 가요, 보호자, 뒤로!

강준　저 진짜 딱 보면,

의사　보호자!

엄마　강준아!

강준　이게 뭔지 바로 알 거 같은데!

강준, 모니터를 뚫는다.

강준　엇.

의사, 엄마, 놀라서 강준을 보다가

엄마　　(웃으며) 이제 보여?

강준, 눈을 끔벅끔벅 감았다 떴다 한다.
흰색 수영복을 입고 물안경을 쓴 지오, 코를 막고 유영하듯 굴러 나온다.

물속.
지오, 무대 한편에 둥글게 몸을 웅크리고 있다.

강준　　엇. 보인다.

의사　　(한숨) 뭐 같은데요?

강준　　모르겠……어요. 하얀데, 하얗고…… 공 같기도 하
　　　　고. 아니지, 사람이…… 사람이 이렇게 쭈그리고 있
　　　　는 거 같기도 한데…… 저 이거 좀 오래 보고 있어
　　　　도 돼요?

강준, 천천히 유영하듯 지오에게 다가간다.

의사　　맘대로 하세요. 나보다 먼저 알아내면 보호자분이
　　　　의사하시든가. (엄마에게) 초음파검사 날짜 잡으셔
　　　　야 하는데요, 조직검사는 초음파 결과 보고 결정하
　　　　는 걸로…….

의사와 엄마, 강준을 두고 천천히 퇴장한다.

강준   조그만…… 조그맣고 하얀, 그러니까 이건 꼭…….

강준, 공처럼 웅크리고 있는 지오 곁을 빙글빙글 돌며 들여다본다.
지오, 고개를 번쩍 든다. 강준을 본다.
둘은 서로를 들여다본다. 각자 다른 방향으로 고개를 갸웃거린다.

강준   뭐 같다기보다는…….

지오, 천천히 일어나 수면 위로 올라간다. 참았던 숨을 토해낸다.
지오, 유영하듯 굴러 무대 반대편으로 사라진다.
강준, 지오가 나간 쪽을 보다가

강준   뭔가 되어가는 중인 것처럼…… 생겼다.

모르겠……어요. 하얀데, 하얗고……
콩 같기도 하고, 아니지, 사람이……
사람이 이렇게 쭈그리고 있는 거 같기도 한데……
저 이거 좀 오래 보고 있어도 돼요?

2 수영장 여자 탈의실

원경, 머리를 틀어 올리고 가운을 입고 앉아 비락식혜를 먹고 있다.
가운 안에 있는 원경의 가슴은 거대하다.
지오, 수건을 뒤집어쓰고 들어온다.

원경　지오, 안녕.

지오, 원경 앞에서 한 바퀴 돈다.

지오　이모, 저 뭐 안 붙었어요?

원경　응?

지오　아니 아까 수영장에서 뭐가 보였는데 (다시 돌며)
　　　　저 아무것도 없어요?

원경　앞에도 뒤에도 아무것도…… 아무것도 없는데.

지오　근데 왜 이렇게 뭔가 붙은 느낌이지.

원경　지오, 근데 왜 혼자야? 너희 엄마는?

지오　아. 엄마 어제부터 피의 주간이에요.

원경　이런…… 오늘 드디어 배영 배우는 날인데. 너희 엄마 배영 엄청 배우고 싶어 했던 거 알지? 운도 지지리도 없네.

지오　오늘 청소년부는 자유수영이에요.

원경　어머, 너희가 최고네. 그래서 어떻게 자유를 만끽할 거니?

지오　어…… 잠수요.

원경　자유수영인데 겨우 잠수? 배영도 자유영도 평영도 접영도 다이빙도 아닌 잠수?

지오　네.

원경　왜애?

지오　그냥…… 하고 싶어서요.

원경, 큰 소리로 웃는다.

지오　왜 웃으세요?

원경　아니 지오야. 내가 얼마 전에 말이야? 길을 가는데 어떤 여자애가, 너보다 좀 어린 앤데, 걔가 내 앞을 (일어나서 폴짝폴짝 뛰며) 이렇게, 이렇게 걸어가는 거야. 아니 지오야, 생각해봐. 너무 웃기잖니. 비효

율적이란 말이야. 그런 걸음은. 착착 걸어가면 훨씬 빨리 걷겠는데 왜 굳이 그렇게 리듬 맞춰 걷냐고. 그런데 더 웃긴 건 말이야?

원경, 지오의 대답을 기다린다.

지오   (뒤늦게) 아. 어. 뭔데요?

원경   내가 그 리듬을 안다는 거지. 그 애가 이렇게 폴짝 폴짝 뛰는데 그 리듬이 있잖니, 내가 그걸 이미 알고 있지 뭐야? 어렸을 때 분명 나도 그렇게 뛰면서 다닌 적이 있었거든. 그게 갑자기 생각나면서 막 아련해지더라. 이젠 그렇게 못 뛰지, 못 뛰어. 몸도 무겁고 관절도 아프고. (지오 보며) 그래, 지오도 잠수든 뭐든 하고 싶을 때 실컷 해.

지오   네. 오늘은 왠지 느낌이 좋아요. 백오십까지 할 수 있을 것 같아요.

원경   백오십? 무슨 백오십?

지오   어, 그냥 그런 게 있어요.

원경   으응. 백오십까지 하면 어떻게 되는데?

지오, 잠시 고민하다가

지오   잠깐 멈춰요.

원경   뭐가?

지오　　세상이요.

사이

원경　　와……우. 완벽한 자유네. 좋겠다.

지오, 거울 앞에 서서 잠시 자기 가슴을 들여다본다.
왼쪽 가슴 여기저기를 만져본다.
원경, 그 모습을 보다가

원경　　터지지 않을까?

지오　　네?

원경　　가슴은 슬라임 같은 게 아니야, 지오.

지오　　저도 알아요. 그냥 안심시키는 거예요.

원경　　그럼 나도 안심 좀 시켜볼까.

원경과 지오, 각자의 가슴을 만진다.
지오, 눈길이 자꾸 원경의 가슴으로 간다.

원경　　난 한참 걸리겠다. 오른쪽은 내일 안심시켜야겠는
　　　　　데.

지오　　(무심코) 이모는 가슴이 왜 그렇게 커요? (아차) 아.
　　　　　죄송.

원경　　죄송은. 너희 엄마는 초면에 "그거 진짜예요?" 이

랬잖니. 어이가 없어서 딱 쳐다봤더니 한쪽 가슴이 없는 여자가…… (아차) 아. 죄송.

지오 괜찮아요.

원경 이모가 가슴이 큰 건. (생각해보고) 모르겠네. 그냥 커졌어. 손 쓸 틈도 없이. 웃기지 않니? 나한텐 상의 한번 없이 그냥 지들끼리 이렇게 커진 거야. 말릴 새도 없었다. 이모가 너만 할 땐 이런 생각 자주 했지. 난 나중에 늙어 죽는 게 아니고 가슴이 너무 커져서 뻥 터져 죽겠구나.

지오 그래서요?

원경 그래서는 무슨 그래서. 그게 끝이지. 이모는 그냥 가슴 큰 여자로 착실히 늙어가는 중이고 이러다 나중에 자연사하겠지. 어머, 나중에 관 뚜껑 안 닫히면 어떡하니. 화장이 답인가. 나이 들면 좀 쪼그라들겠지? (아차) 너무 다크했나? 죄송. 너희 엄마랑 하던 얘기를 너한테 하게 되네.

지오, 자기 가슴을 가만히 내려다본다.

지오 저도 가슴이 컸어요. 요즘 계속 크고 있어요. 만질 때마다 조금씩 이렇게 부풀어 오르는 게 느껴져요.

원경 어머, 잘됐다. 지오 넌 엄마 닮아서 가슴이 딱, 음, 어, 그래, 앙증맞을 거야, 앙증. (사이) 어머, 그럼 지오에게도 곧 피의 주간이 닥치겠네.

지오 (가슴 내려다보다가) 저는 그런 거 원한 적 없는데요.

원경　(가슴 내려다보며) 나도 그래.

지오　그럼 평생 어떻게 살아요?

원경　그러게. 평생이라니.

지오, 원경, 잠시 절망에 빠져 있다.

원경　지오.

지오　네?

원경　이모 사실 배영 배우기 싫다. 그냥 집에 갈까 고민
　　　중이었는데 너희 엄마도 안 온다니까 더 고민되네.
　　　아니 생각해봐, 지오야. 이모가 배영하면 웃기지 않
　　　겠니? 물 위에 이 거대한 가슴 두 개가 둥둥 떠다닌
　　　다고 생각해봐. 사람들이 또 다 이모 가슴만 보겠
　　　지? 어머, 가슴 때문에 뜨질 않으면 어떡하니? 부
　　　력 뭐 그런 게 가슴한테 있다고 했나? 학교에서 그
　　　런 거 안 배워?

지오　안 배웠는데…….

원경　나이 먹어도 이모는 별게 다 걱정된다. 익숙해지지
　　　가 않아. (사이) 이모가 말이 많았지. 지오. 이런 대
　　　화는 엄마랑 하는 게 더 편하지 않니?

지오　엄마는…… 할 수 없어요. 엄마는 제 가슴을 불안해
　　　해요. 유방암은 유전 확률이 높대요.

원경　어머. 미안.

지오　왜요?

원경   그러게. 왜 미안하지. 안 미안.

사이

지오   저한테는요. 시간이 필요해요.

원경   지오에게 시간은 얼마든지 있지.

지오   없어요. 별로 없어요.

그때 호루라기 소리 들린다.

원경   진짜 없네.

지오, 결연하게 두르고 있던 수건을 벗는다.

원경   지오.

지오   네?

원경   파이팅. 백오십까지.

지오, 자기 가슴을 툭툭 치고 나간다.
원경, 가슴 내려다보다가 주먹으로 자기 가슴을 툭툭 치고 숨을 훅 들이
마신다.

원경   좋아. 우리도 가보자고.

원경, 가운을 벗고 당당히 나간다.

하얗고 작은 점

저한테는요. 시간이 필요해요.

지오에게 시간은 얼마든지 있지.

없어요. 별로 없어요.

3   암센터 로비

강준, 모니터를 쓴 채 의자에 앉아서 계속 주변을 휙휙 돌아본다.
아까 본 결절(지오)이 또 보일까 봐 그러는 것.
그때 분홍색 가운을 입은 욱이 쭈뼛쭈뼛 들어와 앉는다.
강준, 욱을 빤히 쳐다본다.
욱, 가운을 여민다.

욱   (참다 참다) 뚫리겠다. 그만 좀 볼래.

강준   아. 저기, 혹시요…….

욱   (알겠다는 듯) 남자야.

강준   근데 왜 가운을 입고 있어요?

욱   나도 검사받으러 왔거든.

강준, 놀라서 입을 다물지 못한다.

욱　어, 그래……. 네가 우리 가족보다 더 놀라는 것 같다.

강준　하지만 가슴이, 가슴, 유방이 없는데요.

욱　(가슴 만지며) 그래, 나도 없는 줄 알았지. 그런데 있더라고.

강준　그럼, 그럼 남자도 유선조직, 젖샘, 유관세포 뭐 그런 게 다 있는 거예요?

욱, 고개 끄덕인다.
강준, 다시 놀라서 입을 다물지 못한다.

욱　어, 그래……. 그런데 이걸 내 입으로 말하기는 좀 그런데 내가 아직 유방암 진단을 받은 건 아니고 지금 초음파검사를 받으러 온 거거든. 그러니까 그렇게 대놓고 놀라면 내가 좀…… 불안해지는데 그 입 좀 다물어주지 않을래.

강준　아. 죄송, 죄송해요. 진짜요.

사이

욱　아니다. 차라리 무슨 말이라도 하는 게 낫겠다. 가만히 앉아 있는 게 사람을 더 불안하게 하네. 넌 여기 왜 왔어?

강준　아. 네. 어. 저는 엄마 따라서 왔어요. 엄마는 지금, 어, (무대 바깥쪽 가리키며) 예약 잡고 있고요. 엄마

는 초음파검사 받으러 온 건 아니고요, 저, 건강검
진에서 유방 X선을 찍었는데요, 왼쪽 유방 안에 결
절이 보인다고 큰 병원에 가보라고 해서요. 오늘 왔
더니 초음파검사를 해봐야 정확히 알 수 있다고 해
서 지금 날짜 잡고 있는 거고요.

욱   어, 그래……. 듣던 중 반가운 소리다. (사이) 아. 내
말은 동질감, 뭐 그런 의미고, 나도 왼쪽 가슴에 종
괴가 있거든. 그래……. 그럼 오늘 X선 사진 봤겠네.

강준   네.

욱   그래, X선 사진만 봐서는 모르는 거니까…… 기다
려봐야겠네.

강준   네, 근데 (속삭) 저는 뭘 봤거든요. 아까 진료실에서.

욱   (덩달아 속삭) 응? 뭘?

강준   (속삭) 결절이요. 한 번만 더 보면 뭔지 알 것 같은
데 지금은 안 보여요. 아까는 시간이 잠깐 멈춘 것
같았거든요.

욱   어…… 안타깝네.

강준   저는요. 제가 10년 정도 덜 살아도 되니까 엄마랑
아빠한테 제 수명을 나눠 주고 싶어요. 그런 상상
자주 해요. 엄마 아빠가 나이가 너무 많아서요. 다
른 애들 부모님은 아직 사십대인데 우리 엄마 아빠
는 내년이면 오십이 돼요. 아빠는 고혈압에 당뇨에
콜레스테롤도 높고 살도 좀 쪘고, 엄마는 작년에 전
정신경염이라고 전정기관에 염증이 생겨서 머리가
어지러운 병도 앓았고, 요즘에 무릎도 많이 아파하

고, 거기다가 가슴 속에 결절도 있고…….

욱   어, 그래……. 큰일이네.

강준   저는 왜 이렇게 늦게 태어났을까요…….

욱   네가 늦게 태어난 거면 나는 답이 없지…….

강준   작년에는요. 외할머니 외할아버지 두 분 다 돌아가
        셨어요. 재작년에는 엄마가 쓰러졌고, 큰이모는
        간이식을 받았고요. 더 전에는, 작은아빠가 교통사
        고로 죽었고요, 제가 태어나기도 전에 친할머니 친
        할아버지가 다 돌아가셨어요. 그냥…… 이 모든 게,
        저한테는요, 너무 빨라요. 그래서 그냥 가끔은……
        시간이 잠깐 멈췄으면 좋겠어요.

욱   어…… (사이) 그건 안 되지.

강준   왜요?

욱   그냥 상식적으로 말도 안 되고…… 내 생각도 좀
        해줘야지. 생각해봐, 시간이 멈추면 난 계속 이 로
        비에 있어야 되잖아. 어, 그래. 나는 솔직히 로비가
        싫어. 초음파실이든 진료실이든 어디든 빨리 들어
        가고 싶지, 여기서 이렇게 불안에 떨면서 대기하고
        싶지 않아. 여기 이 가운을 입고 앉아 있으면, 꼭 내
        가 보류되고 있는 기분이 들어. 그게 사람을 아주
        불안하게 만들고. 차라리 빨리 답을 듣는 게 낫지.

강준   만약에 악성이면요?

욱   예를 들어도 꼭 그렇게 나쁜 쪽으로…….

강준   악성이면요.

내 생각도 좀 해줘야지. 생각해봐. 시간이 멈추면 난 계속 이 로비에 있어야 되잖아.

어, 그래. 나는 솔직히 로비가 싫어. 초음파실이든 진료실이든 어디든 빨리 들어가고 싶지, 여기서 이렇게 불안에 떨면서 대기하고 싶지 않아. 여기 이 가운을 입고 앉아 있으면, 꼭 내가 보류되고 있는 기분이 들어.

욱   죽어야지 뭐.

강준   왜 죽어요! 이겨내야죠! 유방암은 생존률이 93퍼센트나 되고, 거기다가 초기에 발견한 거면 당연히 치료도 더 빠를 거고, 죽을병 아니에요. 앞으로 육식 줄이고, 콩 많이 먹고요, 양배추나 녹황색 채소도 좋다니까 많이 먹고, 블루베리도 많이 드세요.

욱   어, 그래⋯⋯. 그런데 혹시 나 유방암이니?

강준   아니요. 그냥 알아두라고요.

욱   그래.

사이

강준   그리고 시간이 멈추는 게 아주 말이 안 되는 일은 아니에요. 진짜로 멈췄었거든요. 아까 진료실에서. 잠깐이긴 했지만, 진짜로 시간이 멈췄어요.

욱   어, 그래. 음. (사이) 내가 자꾸 동심 뭐 그런 걸 깨는 건 아닌가 하는 생각이 들긴 하는데, 그런데 너도 그런 걸 믿을 나이는 지나지 않았어? 음. 그래. 내 말은, 나는 그런 게 도움이 되는지 모르겠다. 그런 상상이나 생각이, 그래 위로가 될 수는 있지. 시간이 멈춘다. 기적 같고 참 좋지. 그런데 결국 거짓말이잖아. 그런 것들이 사람을 쉽게 무너뜨리거든. 힘들 때일수록 더 더 더.

강준　　거짓말 아니에요.

욱　　아직은 아니겠지. 그런데 그렇게 될 거야.

욱과 강준, 맞서듯 서로를 빤히 쳐다본다.
지오, 유영하듯 나온다.
강준, 지오를 본다. 천천히 지오에게 다가간다.

강준　　저 분명히 봤어요.

욱　　뭘?

강준　　결절이요.

욱　　어…… 그래. 음. (사이, 한숨) 양성이든 악성이든?

지오, 손을 펴 손가락을 하나씩 접는다.
강준, 지오를 들여다본다.

강준　　그게 꼭…… 공 같기도 하고 사람이 웅크리고 있는
　　　　것 같기도 하고…….

지오, 마지막 손가락을 접는다.

지오　　백오십.

욱, 지오를 본다. 그대로 멈춘다.
강준과 지오, 서로를 본다.

　　　　　　　　　　　　　　　　　　　　　　　　　하얗고 작은 점

지오 멈췄다.

강준 멈췄어?

지오 또 보이네.

강준 너도 내가 보여?

지오 널 어떻게 보내줘야 하지?

강준 널 대체 뭐라고 해야 하지?

강준과 지오 위로 동글동글 하얀 빛이 쏟아진다.
지오, 위를 올려다본다.
강준도 위를 본다. 손을 뻗어 빛을 만져본다.
빛이 지오와 강준의 몸 위를 데굴데굴 굴러다닌다.

강준 이게 뭐야? 유선조직 그런 거야?

지오 너도 이리 와서 앉아봐. 여기서 올려다봐. 잠수할 때 몸을 이렇게, 작은 공처럼 웅크리면 바닥까지 가라 앉거든. 그때 위를 올려다보면 저런 게 보여. 방금 전까지 가까이서 들리던 소리들이 뒷걸음질 치는 것처럼 나한테서 멀어지는 거야. 눈에 보이던 것들도, 꼭 커튼 뒤로 숨는 것처럼 사라지고, 여기엔 나랑 이 동글동글한 빛들만 남아. 내 몸 위로 빛들이 서로 합쳐지기도 멀어지기도 하면서 빙글빙글 도는 걸 보고 있으면 그냥 계속 여기 있고 싶어진다.

강준 (지오와 같은 자세로) 네가 뭐라고 하는지 1도 모르겠는데 (빛 보며) 모양은…… 예쁘다.

지오 이러고 있으면 다 멈추거든. 내 안에서 밖에서 자꾸 자꾸 변해가는 것도, 계속해서 뭔가가 되어가고 있고, 되어가야 한다는 것도, 모두 멈추고. 그냥. 잠깐. 여기. 있는 거야. 지금 이대로.

강준   그다음엔?

지오   나도 몰라, 지금은.

강준   (욱 돌아보며) 언젠가 이게 전부 거짓말이 될 수도 있어.

사이

지오   그냥 나한테는 지금 이게 필요해. 여기. 아무것도 아닌 채로 있는 거. 그게 다야.

지오, 하얀 빛 속에 몸을 웅크리고 앉아 있다.
강준, 지오를 보고 있다가 유영하여 욱 옆에 가 앉는다.

강준   제가 다시 보고 왔는데요.

욱   (놀라) 어? 어, 그래. 뭘?

강준   결절이요. (지오 보며) 그냥 하얗고 작은 점 같았어요. 아무것도 아닌 하얗고 작은 점.

강준, 이제야 모니터를 벗는다.

강준   저는 지금은 그거면 돼요.

멈췄다.

멈췄어?

또 보이네.

너도 내가 보여?

널 어떻게 보내줘야 하지?

널 대체 뭐라고 해야 하지?

강준, 나간다.
욱, 계속 앉아 있다.
원경, 배영하며 나온다.

원경　지오! 이모 배영 한다! 가슴에 부력 그런 게 있나
　　　봐! 아주 씽씽 나간다!

욱　　(놀라) 뭐, 뭐야…….

욱, 얼떨떨한 표정으로 지오와 원경을 본다.
원경, 무대를 빙글빙글 돌며 배영을 해서 나아간다.

원경　　지오는 세상 멈췄어?

지오, 천천히 물 위로 올라간다.

지오　　(참았던 숨을 토해내며) 푸하. 네.

지오, 참았던 숨을 몰아쉰다. 꼭 웃는 것 같다.
지오가 호흡을 완전히 가다듬으면,

막

희곡을 쓰면서 중학생 때가 자주 떠올랐다. 중학교 교복을 맞추러 갔을 때, 3년이란 시간 동안 내가 쑥쑥 자랄 줄 알고 교복을 두 치수나 크게 샀었다. 벽에 교복을 걸어두고 가만히 보고 있으면 미래의 나와 마주하고 있는 기분이 들었다. 그러니까 내가 저만큼 큰다는 거지? 3년이 지나면 나는 저런 사람이 된다는 거지? 가슴이 울렁거렸다. 하지만…… 중학교를 다니는 3년 동안 교복이 내 몸에 딱 맞은 적은 단 한 번도 없었다. 그저 내 몸보다 큰 교복을 3년 내내 입고 다니다가 졸업했을 뿐, 내 몸은 거의 자라지 않았다. 그렇다고 내가 자라지 않은 건 아닌데, 그저 몸이 자라지 않았을 뿐인데, 이 패배감은 뭐지? 내게 주어진 어떤 기준을 충족시키지 못한 느낌. 이상하게 내 몸과 서먹해진 기분이 들었다. 앞으로 나는 이 몸에 적응해야 하고, 이 몸이 내가 되어갈 텐데, 그 과정이 이젠 피곤했다. 모든 걸 잠깐 멈추고 나를 찬찬히 보고 싶었다. 어딘가가 분명 자랐는데, 3년 전의 나와 지금의 나는 분명히 다른 사람인데, 계속 달라지고 있는데, 어디가 어떻게 달라진 건지 스스로 돌아볼 시간이 없었다. 중학교를 졸업하자마자 고등학교 교복을 맞춰야 했으니, 지금 돌이켜봐도 청소년기는 내 인생에 있어 정말 바쁜 시기였다.

나는 아직도 내 몸에 적응하는 중이다. 아마 나만이 아니라 모두가 그런 과정을 겪으며 평생을 살 것이다. 늘 입술 끝을 왼쪽으로 올리면서 웃는 버릇 때문에 그 자리에 주름이 생기고, 없던 안구건조증이 생기고, 몇 해 전에 생긴 흉터가 오랜 시간을 들여 서서히 옅어지는 걸 보면서. 매일매일 새로 그려지는 지도를 들고 길을 떠나는 모두가 건강하고 무사히 살아가길 바란다.

덧붙여, 평소에 글을 쓸 땐 한곳에 혼자 고여 있다는 느낌 때문에 자주 외로웠는데 『트랙터』를 작업하는 동안은 그렇지 않았다. 한현주, 허선혜 작가님과 작업 초기부터 함께였고, 서로의 희곡을 가장 먼저 읽고 헤아려주었다. 그 덕분에 희곡을 쓰면서도 그 후에도 정말 많은 힘을 받았다. '트랙터'라는 하나의 이름으로 두 작가님과 함께 나아갈 수 있어 기쁘고 감사한 시간이었다.

연출 노트

권영호

청소년극 〈트랙터〉는 25분 내외의 청소년 단막극 세 편을 한 작품 안에 묶어낸 공연이다. 세 편의 희곡은 각각 뚜렷한 색깔과 분위기를 가지고 있어서 따로 공연되어도 함께 공연되어도 좋을 것이라 생각한다. 나아가서는 공연의 의도에 따라 여기에 실린 작품 한 편과 다른 작품들, 예를 들어 새롭게 창작한 작품이나 다른 고전 희곡과 함께 공연하는 것도 얼마든지 시도해볼 만하다. 또한, 이 세 편의 희곡은 어떤 순서로 읽거나 공연하더라도 무방하다. 2022년 초연에는 「7906 버스」, 「빵과 텐트」, 「하얗고 작은 점」의 순서로 공연했다.

기본적으로 희곡은 독자에 따라서 얼마든지 다르게 읽힐 수 있고 다양한 해석이 가능하다. 그러므로 내가 생각하는 이 희곡의 주제나 의미를 말하기보다 독자가 직접 상상하고 분석하도록 하는 편이 더 좋을 것 같다. 그래서 이 지면에서는 초연을 준비하며 표현의 측면에서 연출로서 고민했던 지점들을 몇 가지 적어보려고 한다. 이 글이 희곡집을 읽거나 공연하려고 하는 이들에게 작은 도움이 되기를 바란다.

『트랙터』에 실린 세 편의 희곡은 각각 다른 개성을 뽐내고 있는데, 특히 시간과 장소에 있어서 전혀 다르다. 공통점보다 다른 점이 훨씬 많은 희곡들이다. 이렇게 서로 다른 세 편의 희곡을 하나의 공연으로 만들면서 내가 첫 번째로 중요하게 결정해야 했던 부분은 공간 설정에 관한 것이었다. 즉, 어떤 무대가 이 세 편의 작품을 하나로 묶을 수 있는 무대인가였다. 「7906 버스」의 장소는 버스 안과 버스 정류장의 셸터이며 시간적으로는 현재와 과거를 오간다. 「빵과 텐트」의 장소는 텐트 안, 시칠리아 해변, 무너진 성당의 돌무덤, 나무와 흑연 사이, 앞으로 쓰일 일기의 맨 첫 단어 '오늘'의 'ㅇ' 속, 광야 등 낯설고 이상한 곳들이다. 희곡은 이 장소들을 쉴 새 없이 빠른 속도로 이동한다. 「하얗고 작은 점」의 장소는 진료실, 수영장 탈의실, 암센터 로비, 물속이다. 어떤 무대미술로 이 세 편의 단막극을 구분하면서도 위에서 열거한 다양한 장소들을 구현해낼 수 있을까?

초연의 무대는 깨끗하고 하얀, 사실상 아무것도 존재하지 않는 새 스케치북 같은 공간이다. 연극에서는 시각적 장치에 의존하지 않고도 장소를 설명할 방법이 있다. 적절한 음향효과와 배우의 몸을 이용하는 것이다. 예를 들어 설명해보면, 공연 〈빵과 텐트〉에서 배우가 텐트 안으로 들어가는 장면이 있다. 그런데 무대 위에 텐트는 존재하지 않는다. 텐트를 상징할 만한 어떤 물건도 없다. 그러나 배우가 보이지 않는 텐트 지퍼를 잡고 위로 올릴 때 지퍼가 열리는 소리를 음향으로 처리하고, 배우가 신발을 벗고 머리를 약간 낮춘 상태에서 텐트 안으로 들어가는 동작과 텐트 내부의 아늑함을 몸으로 느끼는 것만으로도 연극에서는 텐트 안이라는 공간이 얼마든지 만들어진다. 〈7906 버스〉에서도 버스를 표현하기 위해서 버스로 보일 만한 어떤 물건도 무대 위에 놓아두지 않았다. 버스 번호판도, 의자도, 운전대도 없다. 등장인물인 운전수와 버스에 타고 있는 두 명의 배우가 적당히 거리를 둔 채 창밖으로 시선을 던지고 있을 때 버스의 엔진 음과 안내방송만으로 버스 안이라는 공간을 만들어냈다. 〈하얗고 작은 점〉에서는 수영장이라는 장소를 물속에서 수영하는 배우의 몸짓과 물속 음향효과만으로 표현했다. 사실상 장소를 표현하기 위해서 어떤 무대장치도 사용하지 않았다. 이런 결정이 가져온 또 하나의 이점은 무대전환이 매우 신속하게 이루어진다는 것이다. 무대를 전환하기 위해서 암전을 이용하거나 장치를 이동하는 번거로움 없이 장면의 전환이 순식간에 이루어졌다.

두 번째는 캐스팅과 관련된 것이다. 「7906 버스」에는 버스 운전기사 자은과 두 명의 청소년, 세영과 은호가 등장한다. 「빵과 텐트」에는 배우와 아이, 「하얗고 작은 점」에서는 강준, 지오, 의사, 엄마, 원경, 욱이 등장한다. 그래서 전체 인물은 열한 명이다. 공연을 위해 열한 명의 배우를 캐스팅할 수도 있었겠지만, 초연에서는 네 명의 배우가 모든 인물을 연기했다. 그러니까 앞의 단막극에 등장

했던 인물이 뒤의 단막극에서 다른 인물로 나오고, 한 단막극에서 한 배우가 두 명의 인물을 동시에 연기하기도 한 것이다. 이런 과정에서 관객은 한 배우가 맡은 여러 인물의 변신을 지켜보게 되고, 이것이 연극을 관람하는 또 다른 재밋거리로 작용했다. 박은경 배우는 〈7906 버스〉에서 버스 운전기사 자은을 연기한 후에 〈빵과 텐트〉에서는 아이를, 〈하얗고 작은 점〉에서는 청소년 지오로 인물 변신을 했다. 한 배우가 한 공연에서 사십대 여성, 아이, 그리고 십대 청소년으로 역할을 바꾸어 연기한 것이다. 송석근 배우는 배우, 의사, 욱으로 역할 변신을 했다. 신윤지 배우는 세영(고1), 엄마(사십대 후반), 원경(삼십대 후반)으로, 최상현 배우는 은호(고1), 강준(14세)으로 역할을 변신했다. 이렇게 성인과 청소년 역할을 넘나들며 연기하는 배우의 변신을 따라가며 세 편의 단막극을 관람하는 것은 이 공연을 관람하는 관객들에게 장편 연극에서는 경험할 수 없는 새로운 관극 경험을 선사해주었다.

세 번째는 각각의 단막극 사이에 쉴 틈을 주면서 앞의 단막극을 마무리 짓고 뒤의 단막극을 준비하는 시간을 만드는 것이었다. 그래서 너무 길지도 짧지도 않은 전환 장면을 만들었다. 트랙터라는 가상의 음악 그룹을 만들고 이들이 전환 장면에서 노래하도록 했다. 물론 이 전환 장면과 음악 그룹 '트랙터'의 존재는 이 희곡집 어디에도 찾아볼 수 없다. 순전히 공연의 실연을 위해서만 존재했던 그룹이다. 이 팀의 멤버는 네 명의 배우들이다. 그래서 배우들이 단막극에서는 등장인물로서 연기를 하고 전환 장면에서는 음악 그룹 '트랙터'의 멤버로서 노래를 하게 됐다. 첫 번째 전환 장면에서는 송석근, 신윤지 배우가 노래와 랩을 했다. 두 번째 전환 장면에서는 최상현 배우가 직접 만든 랩을 했다. 마지막은 공연의 피날레로서 네 명의 배우가 모두 나와 노래와 랩을 했다.

여기까지가 〈트랙터〉 초연을 연출하면서 내가 고민한 세 가지 지점이다. 나는 단막극 연작을 만들면서 장편 연극 한 편을 만들 때와는 또 다른 즐거움을 느꼈다. 장편 연극을 만들 때는 한 장의 도화지가 주어진 느낌이라면 단막극 연작을 만들 때는 하얗고 깨끗한 도화지를 세 장씩이나 갖게 된 느낌이었다. 나의 이런 기분을 여러 사람들도 함께 느낄 수 있다면 좋겠다. 이 희곡집이 많은 청소년과 청소년극에 관심을 가진 이들에게 두루 읽히고 공연으로 만들어질 수 있기를 기대해본다. 만약 이 희곡으로 연극을 만들려고 하는 사람들이 있다면 (당연히 그렇게 하겠지만) 다른 사람의 방법을 따를 필요는 없다. 자신의 방법과 해석으로 희곡을 읽고 연극을 만드는 즐거움을 만끽하길 바란다.

국립극단 청소년극 희곡선 1

트랙터

초판 1쇄 2022년 12월 26일
초판 2쇄 2024년 8월 1일

기획   국립극단 어린이청소년극연구소
지은이   한현주, 허선혜, 나수민
펴낸이   김태형
펴낸곳   제철소

등록   제2014-000058호
전화   070-7717-1924
팩스   0303-3444-3469
전자우편   right_season@naver.com
인스타그램 instagram.com/from.rightseason

© 한현주, 허선혜, 나수민 2022

ISBN 979-11-88343-60-7 43810